NATE

encore et toujours

Lincoln Peirce

NATE

encore et toujours

Texte français d'Isabelle Allard

Éditions SCHOLASTIC

Catalogage avant publication de Bibliothèque et Archives Canada

Peirce, Lincoln
Nate encore et toujours / Lincoln Peirce ;
texte français d'Isabelle Allard.

Traduction de: Big Nate strikes again.
Pour les 8-12 ans.

ISBN 978-1-4431-1124-9

I. Allard, Isabelle II. Titre.

PZ23.P4355Na 2011   j813'.6   C2011-901481-5

Édition publiée par les Éditions Scholastic,
604, rue King Ouest, Toronto (Ontario) M5V 1E1,
avec la permission de HarperCollins.

5 4 3 2 1   Imprimé au Canada 116   11 12 13 14 15

Conception graphique de la couverture : Sasha Illingworth

Pour Élias, de ton ami et admirateur

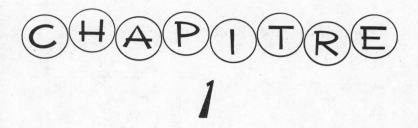

CHAPITRE 1

— C'est le bébé le plus affreux que j'aie jamais vu.

Teddy et moi sommes dans l'entrée de notre école, devant un babillard couvert d'un milliard de photos de bébés. Je n'ai jamais vu autant de rose et de bleu!

Je regarde par-dessus l'épaule de Teddy.

— Lequel? dis-je en gloussant.

Quoi? Hé, ATTENDS une minute!

— Vraiment? dit Teddy.

Il fait semblant d'être surpris, mais je vois à son expression qu'il le savait très bien.

— Ouais, c'est bien Nate, dit Francis en s'approchant.

Francis et Teddy sont mes meilleurs amis, ce qui va peut-être t'étonner, puisqu'ils se moquent de ma photo de bébé. Mais c'est comme ça qu'on fonctionne, tous les trois. Ils savent que ce n'est qu'une question de temps avant que je trouve une façon de me payer LEUR tête. À la fin, on est quittes.

— Et si on parlait de TA photo, Francis? dis-je en la repérant sur le babillard.

Francis hausse les épaules.

— TOUS les bébés sont grassouillets! D'où crois-tu que vient l'expression « gras de bébé »?

— De ta photo, évidemment! ricane Teddy.

Il agite la main devant le babillard.

Avant que Francis et moi effacions son sourire baveux, je devrais peut-être expliquer ce que toutes ces photos de bébés font là.

C'est le babillard de Mme Shipulski, la secrétaire de l'école. C'est elle qui décide de ce qu'il y a dessus. D'habitude, il est couvert d'affiches idiotes, du genre :

ou...

Mais la semaine dernière, Mme Shipulski a décidé d'essayer quelque chose de différent. Voici ce qui s'est passé :

En fait, la dernière partie n'est pas vraiment
arrivée. Je voulais juste mettre un peu de piquant.

En tout cas, c'est comme ça que le jeu « Identifiez
les bébés » a commencé. Mme Shipulski a
demandé à tous les élèves de sixième année de
mettre leur photo sur le babillard.

— Certains sont faciles à deviner, dit Francis.

— Et voici Chester,
ajoute Teddy en
désignant une autre
photo.

Je ne les écoute pas vraiment. Je scrute le babillard de gauche à droite. Je cherche… une photo… précise.

Voilà! Entre deux photos de bébés aux cheveux ébouriffés… c'est elle!

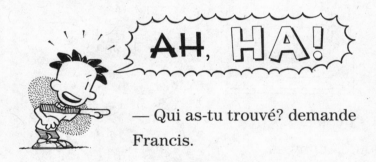

— Qui as-tu trouvé? demande Francis.

— Regarde! lui dis-je.

Francis et Teddy s'approchent pour examiner la photo. Ils ont l'air perplexe. Comme d'habitude.

— J'abandonne, dit finalement Teddy. C'est qui?

— Ce n'est pas ÉVIDENT? dis-je.

Jenny est la fille la plus merveilleuse de toute la sixième année. Un jour, elle et moi formerons un beau couple. (Malheureusement, elle sort avec Artur en ce moment, ce qui est un problème. Mais ça va changer.) Je suis un expert quand il s'agit de Jenny.

— Je l'ai reconnue tout de suite, dis-je. C'est le plus beau bébé du babillard. Et de LOIN!

Ouache. Regardez qui arrive avec son air de fouine! De quoi elle se mêle encore, celle-là?

— ÉVIDEMMENT que je suis certain, dis-je d'un ton sec. Sûr et certain!

— Vraiment? répond Gina avec un petit sourire prétentieux. Eh bien, tu ne la connais peut-être pas aussi bien que tu PENSES!

Elle s'approche du babillard...

et commence à décoller la photo.

— Hé, tu ne peux pas faire ça! dis-je. Ce n'est pas à toi!

Gina se retourne.

— Si ce n'est pas à moi...

Elle la brandit devant mon visage. À l'arrière de la photo, je lis :

Gina Hemphill-Toms   14 mois

Je cligne des yeux et regarde encore, espérant avoir mal lu. Mais non, il n'y a pas d'erreur. Ce n'est pas Jenny sur la photo. C'est Gina. J'ai l'impression d'avoir reçu un coup de bâton de baseball Louisville Slugger sur la tête.

Avec un sourire méchant, Gina répète mes
paroles :

Teddy et Francis éclatent de rire, imités par
d'autres élèves qui ont commencé à se rassembler.
Je ne peux rien faire. C'est comme un de ces
cauchemars où tout le monde est habillé alors que
tu es en sous-vêtements.

13

Gina remet la photo sur le babillard, puis s'éloigne en agitant la main comme une reine minable du bal des finissants.

J'ai envie de vomir. Me voilà, devant la moitié de l'école, avec l'air de débarquer de la planète Débile. Mais ça m'est déjà arrivé. Je vais survivre. Le plus horrible, c'est que Gina m'a bien eu.

Gina est l'une des personnes que je déteste le plus. Non, pire que ça. Elle est l'une des CHOSES que je déteste le plus. Regarde ma liste :

Les choses que je DÉTESTE!

par 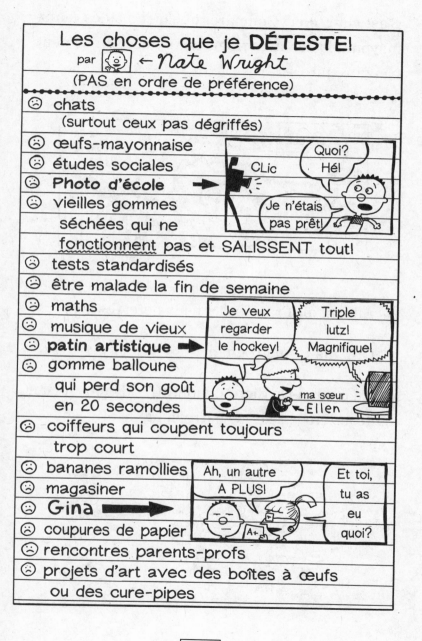 ← Nate Wright

(PAS en ordre de préférence)

☹ chats
   (surtout ceux pas dégriffés)

☹ œufs-mayonnaise

☹ études sociales

☹ **Photo d'école** ➡

CLic

Quoi?

Hé!

Je n'étais pas prêt!

☹ vieilles gommes
   séchées qui ne
   fonctionnent pas et SALISSENT tout!

☹ tests standardisés

☹ être malade la fin de semaine

☹ maths

☹ musique de vieux

☹ **patin artistique** ➡

☹ gomme balloune
   qui perd son goût
   en 20 secondes

Je veux regarder le hockey!

Triple lutz! Magnifique!

ma sœur ← Ellen

☹ coiffeurs qui coupent toujours
   trop court

☹ bananes ramollies

☹ magasiner

☹ **Gina** ➡

Ah, un autre A PLUS!

A+

Et toi, tu as eu quoi?

☹ coupures de papier

☹ rencontres parents-profs

☹ projets d'art avec des boîtes à œufs
   ou des cure-pipes

C'est clair, non? Comparer quelqu'un à des œufs-
mayonnaise et au patinage artistique, on ne peut
pas faire pire.

— Allons, dit Francis. Tu ne la détestes pas!

— Oui, dis-je en grognant.

— Tu connais le dicton, ajoute Teddy en souriant.
La frontière est mince entre la haine et...

Francis ricane.

— Vous feriez un très BEAU couple, dit-il en reprenant son sérieux.

Je m'apprête à frapper leurs têtes ensemble, comme dans un gag des Trois Stooges...

...quand la cloche sonne.

Je n'aime pas cette classe — hé, je dois partager de l'oxygène pendant plusieurs minutes avec Mme Godfrey —, mais je suis prêt à tout pour faire taire Francis et Teddy. Alors, j'entre.

De nouvelles places? Bon. Peu importe. Ça ne me dérange pas. Je veux juste que la classe commence pour mettre cette histoire de Gina…

CHAPITRE

2

Tu te demandes probablement : pourquoi Nate déteste-t-il autant Gina? Est-elle si pénible que ça?

Heu, la réponse est oui. Avec un O majuscule.

Difficile de dire ce qui me dérange le plus chez elle. Il y a tellement de choses! En voici une : elle est toujours en train de se VANTER.

D'après Francis, Gina fait SEMBLANT d'être meilleure que tout le monde parce que dans le fond, elle ne s'aime pas vraiment. Il a peut-être raison. Si j'étais Gina, je ne m'aimerais pas non plus. Mais elle occupe beaucoup trop d'espace dans ma tête aujourd'hui. Il faut que je pense à autre chose.

Par exemple, que le cours a commencé il y a cinq secondes, et que Mme Godfrey est déjà en train de crier.

Et voilà qu'elle sort sa chemise bleue. Oh, non!

Mme Godfrey a un code de couleur pour tout. La chemise jaune est pour les feuilles de présence, la verte pour les devoirs, la rouge remplie d'exercices à faire en classe. Et la bleue?

Elle est réservée aux projets « spéciaux ». Et pas « spéciaux » dans un sens positif. Dans mon école, le mot « spécial » est un gros mot.

La dernière fois qu'on a réalisé un projet « spécial », Mme Godfrey m'a donné un C plus pour mon travail sur la Louisiane. Elle trouvait que je parlais trop des pélicans. Allôôô? Le pélican est l'emblème de l'État de la Louisiane! C'est une information vitale!

Et la fois d'avant, elle m'avait donné une mauvaise note pour mon modèle du Colisée parce qu'il était en Lego.

À quoi elle s'attendait? Que j'aille découper un
bloc de marbre dans une carrière?

— J'ai un
projet spécial
pour vous, les
enfants,
annonce Mme
Godfrey.

Elle sourit,
ce qui est

toujours mauvais signe. En plus, quand elle
montre les dents comme ça, elle me fait penser à
un documentaire sur les attaques de requins.

Beurk. Une recherche. Ce genre de truc prend des semaines. Et compte généralement pour une grande partie de la note finale.

— ET... poursuit-elle.

YÉH! Enfin, une bonne nouvelle!

Je jette un coup d'œil à Francis et Teddy. Je vois qu'ils pensent la même chose que moi. Nous nous levons d'un bond pour aller voir la prof.

À sa grimace, on dirait qu'elle vient de sentir une mauvaise odeur.

— Je ne crois pas, non.

INFO SUR LES PROJETS SPÉCIAUX :
La seule fois où elle nous a laissés nous mettre ensemble, on a construit un modèle réduit du Vésuve qui l'a arrosée de fausse lave par accident.

OUPS

Elle ajoute d'un ton impatient, comme si elle pensait qu'on aurait dû le savoir :

— D'abord, vous travaillerez par équipes de DEUX, pas de trois. ENSUITE, je vais regrouper les élèves AU HASARD.

Mme Godfrey sort un bocal à biscuits de son tiroir. Sans biscuits dedans, évidemment. Elle les a probablement tous mangés. Sans nous en offrir.

— Je vais piger deux noms à la fois, explique-t-elle. L'élève pigé en même temps que vous sera votre partenaire pour le projet.

Wow. C'est comme un tirage de loterie à la télé, où une belle fille retire des balles de ping-pong numérotées d'un aquarium géant. Sauf que Mme Godfrey n'utilise pas de balles de ping-pong. Et qu'elle n'est pas une belle fille.

Tous les élèves parlent en même temps. Ils sont conscients des enjeux.

On peut se retrouver avec quelqu'un de super, ou être coincé avec un crétin fini.

Les meilleurs coéquipiers sont, bien sûr, Francis ou Teddy. Être en équipe avec Jenny serait plus que merveilleux. Et bien évidemment, quiconque se retrouve avec MOI remporte le gros lot.

Mais dans chaque classe, il y a toujours quelques élèves du genre :

Le suspense est intenable. Debout à côté de son bureau, Mme Godfrey nous observe. Qu'est-ce qu'elle attend?

Oh. Je vois. Elle fait ce que les profs font souvent : se taire pour nous faire comprendre qu'il est temps de la fermer.

Finalement, elle plonge la main dans le bocal et sort deux papiers :

— Kendra… et Matthew, lit-elle.

Je leur jette un coup d'œil. Ils n'ont pas l'air super ravis, mais je suis certain qu'ils se disent :

Mme Godfrey continue :

— Brian et Kelly… Molly et Allison… Jenny et Artur… Kim et Nick… Cindy et Steven…

Attends une minute! Rembobinons. Est-ce que j'ai bien entendu?

Super. Ces deux-là sont déjà inséparables. Et maintenant, ils vont passer ENCORE PLUS de temps ensemble. C'est SCANDALEUX!

Oh, allons! D'abord, Jenny et Artur, et maintenant, Teddy et Francis? Regarde-les donc.

On dirait qu'ils viennent de gagner un voyage à
Disney World.

Et MOI? Je regarde la classe et fais quelques
calculs rapides. Il ne reste que quelques noms à
piger.

Soudain, mon ventre se tord d'angoisse. Gina n'a
pas encore de coéquipier.

Oh, non, s'il vous plaît. S'IL VOUS PLAÎT, ne me laissez pas être avec Gina. N'IMPORTE QUI, mais pas elle.

Mme Godfrey met sa main dans le bocal.

Quel SOULAGEMENT! Je suis content d'être avec Megan. TRÈS content. Megan est super. Elle est gentille, intelligente…

Elle n'est pas là. Megan? Quelqu'un a vu Megan?

— Oh, attends, dit Mme Godfrey. Je viens de me rappeler que Megan se fait enlever les amygdales cette semaine. Elle sera absente plusieurs jours.

— M-mais, ça ne m-me dérange pas d-d'attendre qu'elle revienne, dis-je en balbutiant. Je vais juste…

— Silence, Nate! aboie Mme Godfrey.

Avant que je puisse ajouter autre chose, elle remet sa main dans le bocal.

— Tu vas travailler avec…

— Est-ce qu'il y a un PROBLÈME? demande la prof.

D'après son ton, il vaudrait mieux qu'il n'y en ait pas.

C'est bien Gina. Elle dit exactement ce que la prof veut entendre. Mais je ne peux pas faire semblant que tout va bien quand c'est faux. Le regard fixe de Mme Godfrey me transperce le front. Mais elle a demandé s'il y avait un problème, et je vais lui répondre.

— Vraiment? dit-elle, surprise. Je me demande bien POURQUOI!

Quelques élèves ricanent. Mme Godfrey se retourne et va écrire au tableau. C'est sa façon de me dire que la conversation est terminée. Il n'y a rien à faire. Je fais officiellement équipe avec Gina.

CHAPITRE 3

— C'est la faute des amygdales de Megan, dis-je d'un ton boudeur à Francis et Teddy.

— Oui, répond Francis. Je suis certain que ça faisait partie du plan de Megan.

— Bon, bon, dis-je. Tu n'as pas besoin de me ridiculiser.

— Mme Godfrey ne te laissera pas changer, dit Francis. Alors, tu ferais mieux de t'habituer.

— Facile à dire! Ce n'est pas TOI qui vas l'endurer!

Beurk. Gina et son fichu dossier scolaire. J'en ai entendu parler des milliers de fois.

— Tu sais quoi, Gina? dis-je. Je pourrais réussir aussi bien que toi si je le voulais.

— Alors, pourquoi ne le fais-tu pas?

— Parce que dans la vie, il y a autre chose que les bonnes notes!

— Écoute, Einstein, lance Gina d'une voix rageuse. Quand tu travailles avec MOI...

— Notre sujet est Benjamin Franklin, dit-elle
lentement. Penses-tu être capable de t'en
rappeler?

Je ne réponds pas. En fait, je NE PEUX PAS
répondre, puisqu'elle est en train de m'étrangler.
Finalement, elle me relâche et part en direction
de — surprise! — la bibliothèque. C'est sa
deuxième maison.

— Mme Godfrey avait raison, déclare Teddy.

Je m'apprête à le plaquer contre la fontaine, quand...

ÉQUIPE?

ÉQUIPE!

— Les gars! dis-je d'un ton excité. On est MARDI!

Silence.

— Félicitations! dit Francis. Tu as trouvé ça tout seul?

C'EST AUJOURD'HUI QUE L'ENTRAÎNEUR AFFICHE LA **LISTE DES CAPITAINES!**

Cette nouvelle leur remonte le moral. Nous allons le plus vite possible au gymnase. Sans courir, parce que si tu te fais prendre à courir dans les couloirs, tu as une retenue.

Alors, nous marchons très très vite, même si ça nous donne l'air d'avoir un besoin urgent d'aller aux toilettes.

Justement, l'entraîneur est en train de coller la liste quand on arrive d'un pas ultra rapide.

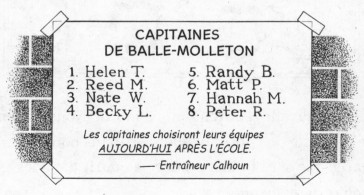

CAPITAINES
DE BALLE-MOLLETON

1. Helen T.   5. Randy B.
2. Reed M.   6. Matt P.
3. Nate W.   7. Hannah M.
4. Becky L.   8. Peter R.

Les capitaines choisiront leurs équipes
AUJOURD'HUI APRÈS L'ÉCOLE.

— Entraîneur Calhoun

Il y a deux sortes de sports à notre école : les sports officiels où on affronte d'autres écoles, comme le soccer, le basketball et la crosse; et les sports NON officiels qu'on pratique entre les saisons. Les profs les appellent « sports intrascolaires », mais les élèves les appellent SPOF :

SPOF

- **S** PORT
- **P** AS
- **O** FFICIEL
- **F** AVORI

Exemple :
le football drapeau

BING

Je vais être franc : on ne les pratique pas seulement pour le plaisir. On joue contre des personnes qu'on connaît depuis des années, alors ça peut devenir très intense. Ce n'est pas que du sport. C'est une question de vantardise.

Et il y a un trophée. C'est le truc le plus minable

que j'aie jamais vu. Mais les SPOF sont tellement importants qu'un jour, quelqu'un a décidé qu'il devait y avoir un trophée. Alors, ils ont recouvert une canette de Dr Pepper vide avec du papier d'aluminium et ont décidé de l'appeler le Spofée. C'est le nom de trophée le plus idiot de tous les temps.

J'aimerais tellement gagner ce truc! Il faut que je le gagne!

Ma carrière de SPOF a été un désastre jusqu'à maintenant. Ce n'est pas ma faute. Je me retrouve toujours dans des équipes nulles.

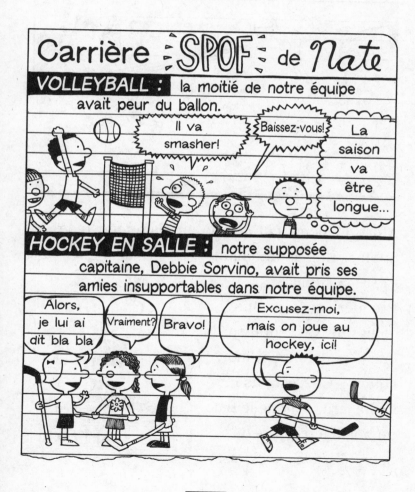

Et la seule fois où j'ai fait partie d'une équipe à moitié potable?

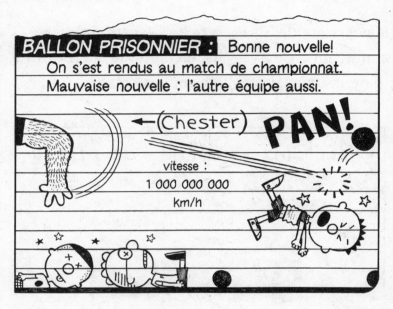

Alors, évidemment, je n'ai jamais remporté le Spofée. Mais maintenant, c'est ma chance. Premièrement, je suis capitaine. Ça veut dire que je peux choisir mon équipe! Ce n'est pas fait au hasard, comme le truc du bocal à biscuits du cours d'études sociales.

EL CAPITÁN

Deuxièmement, je suis très bon à la balle-molleton. Si tu n'as pas de balle-molleton à ton école, tu ne sais probablement pas de quoi je parle.

La balle-molleton est un genre de baseball intérieur. La plupart des règles sont les mêmes, sauf qu'au lieu d'un bâton de baseball, on utilise un manche à balai. Et la balle est molletonnée, alors elle ne fait pas mal quand elle

nous touche. L'an dernier, Chad l'a reçue en plein visage, et il allait très bien.

Autre chose : ce n'est pas une bonne idée de te laisser glisser quand tu cours vers les bases.

— Tu vas me prendre dans ton équipe, hein, Nate? demande Teddy.

— ÉVIDEMMENT, à moins qu'un autre capitaine ne te choisisse avant, lui dis-je.

Randy est une brute. Il agit comme si l'école lui appartenait. Il y a toujours une bande de gars qui le suit comme un banc de poissons-pilotes. Je ne pense même pas qu'ils l'apprécient. Ils font juste SEMBLANT parce qu'ils ont peur de lui.

— Tassez-vous, les minus, aboie-t-il dans notre direction.

Il regarde la liste. Il lève le poing en voyant son nom.

Puis il regarde de plus près et se tourne vers moi.

— L'entraîneur t'a nommé capitaine? demande-t-il.

Est-ce qu'il essaie de me rabaisser? Très bien. Ça ne me fait pas peur!

— Je SUIS doué pour les sports, lui dis-je. Mais il faut plus que ça pour être capitaine.

— Quoi donc? ricane-t-il.

— Je vais te montrer.

Je conduis Randy et sa bande au bout du couloir.
Je jette des coups d'œil par-dessus mon épaule
pour m'assurer qu'ils me suivent. Jusqu'ici, tout va
bien.

Je m'arrête.

— Qu'est-ce qui se passe? demande Randy.

— Je t'ai dit que je te montrerais ce qu'il faut pour être capitaine, dis-je en me tournant vers mon casier. Voilà!

Randy essaie de répondre quelque chose, mais il ne peut pas. Il est trop occupé à se faire ensevelir par l'avalanche de détritus qui vient d'exploser de mon casier. Je suppose qu'il y a des avantages à être un porc.

Il va probablement me tuer plus tard. Et peut-être que son équipe va écraser la mienne. Mais en ce moment, je m'en fiche. J'ai affronté la pire brute de l'école, et j'ai gagné.

Un point pour moi!

CHAPITRE 4

Les nouvelles vont vite dans une école. Il a suffi de cinq secondes environ pour que tous les élèves de sixième année sachent que j'avais joué un bon tour à Randy.

...ALORS, NATE A OUVERT SON CASIER...

HI HI!

PFFF!

...ENTERRÉ SOUS UNE MONTAGNE...

HI HI!

HA HA!

M. L'Important n'a pas l'habitude qu'on se moque de lui. Il a probablement une seule chose en tête :

Il m'a cherché toute la journée. Mais il ne me trouvera jamais ici. Je suis à la bibliothèque.

Je n'avais pas PRÉVU d'être ici. Il y a cinq minutes, j'étais en cours de sciences, le dernier de la journée. Mais les choses ont dérapé. Ça m'arrive assez souvent.

Tout avait pourtant bien commencé. M. Galvin nous faisait faire une expérience sur l'énergie. C'est drôle, parce que M. Galvin et l'énergie ne vont pas très bien ensemble.

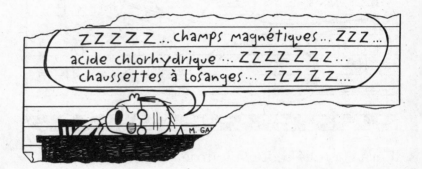

Il nous a donné à chacun une petite voiture et un carton en guise de rampe. Il fallait changer l'angle de la rampe et mesurer la distance parcourue par la voiture.

Tu sais quoi? Plus la pente était abrupte, plus l'auto allait loin. Quelle surprise. Et ensuite, ce sera une expérience pour prouver que l'eau est mouillée?

Ce cours était pire qu'un séjour au Camp Ennuyant. C'est alors que j'ai eu l'idée de rendre les choses plus intéressantes en modifiant ma voiture.

Je l'ai transformée en BATMOBILE! Génial, non? Puis je me suis dit : pourquoi m'arrêter là?

Oui, ce n'était peut-être pas très malin, mais ça faisait rire les copains. ET ça rendait les sciences AMUSANTES, pour une fois. Jusqu'à ce que...

As-tu remarqué que les profs demandent toujours ce qu'on fait alors que n'importe qui pourvu d'un demi-cerveau pourrait le deviner? Je ne sais pas ce que M. Galvin voulait que je réponde, alors j'ai opté pour le bon vieux :

HEUUUUU... RRRRRRRRRIEN.

Je crois que M. Galvin n'est pas un grand admirateur de Batman. Les muscles de ses mâchoires se sont contractés, ce qui est mauvais signe. Je m'attendais à ce qu'il pique une de ses colères où sa voix devient étrange et tremble. Mais il a simplement poussé un soupir du genre « tu me déçois tellement », puis a dit :

SI TU NE VEUX PAS T'APPLIQUER EN CLASSE...

VA PASSER LE RESTE DE LA PÉRIODE À LA BIBLIOTHÈQUE!

À la bibliothèque? Je ne m'attendais pas à ÇA, mais bon, d'accord. J'ai ramassé mes affaires et me suis dirigé vers la porte…

…quand l'inévitable est arrivé.

Zut. C'est déjà assez désagréable de se faire disputer pendant les heures d'école. Mais durant mon temps LIBRE?

Tout de même, c'est mieux que d'être en sciences à regarder les artères de M. Galvin durcir. La bibliothèque est mon endroit préféré où traîner à l'école. C'est parfait pour jouer au soccer de table. Il n'y a presque jamais de profs, ici. Et en plus, il y a...

Je m'enfouis dans le pouf moelleux. Aaaaaah, c'est confortable! Je vais me relaxer ici un moment et...

Oups. C'est le Hic. Mme Hickson, je veux dire. C'est la bibliothécaire en chef, et elle n'aime pas les tire-au-flanc. Je suis certain que les fauteuils poires n'étaient pas son idée. Quand tu es dans sa bibliothèque, elle veut te voir FAIRE quelque chose.

INFO SUR MME HICKSON : *Elle n'oublie jamais un nom, un visage... ou un livre en retard.*

FIDÈLE VAGABOND

LE ROYAUME FANTÔME

LE PASSAGE

RETOURS

HEU, OUAIS, JE FAIS UNE RECHERCHE SUR BEN FRANKLIN.

— Eh bien, répond-elle, tu n'aurais pas besoin d'un LIVRE pour ça?

Les bibliothécaires. Elles sont tordantes, hein?

Super. Tant pis pour ma sieste dans le fauteuil poire. Au lieu de ça, je dois lire des trucs sur un gars qui se fait manger par les vers depuis des siècles.

Sauf que... tu sais quoi?

Ce Ben Franklin était un type plutôt génial!

Avant, tout ce que je savais, c'était que : a) il était plutôt grassouillet et b) il avait sa photo sur le billet de cent dollars. Mais j'ai découvert qu'il avait fait toutes sortes de trucs incroyables à l'époque coloniale. En fait, cet homme était un génie. Comme moi.

J'ouvre mon cartable et commence à prendre des notes.

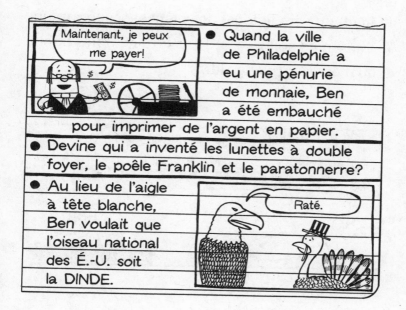

Maintenant, je peux me payer!

Quand la ville de Philadelphie a eu une pénurie de monnaie, Ben a été embauché pour imprimer de l'argent en papier.

Devine qui a inventé les lunettes à double foyer, le poêle Franklin et le paratonnerre?

Au lieu de l'aigle à tête blanche, Ben voulait que l'oiseau national des É.-U. soit la DINDE.

Raté.

— Nate! lance Mme Hickson depuis le comptoir de prêt. La cloche a sonné.

Vraiment? Ça alors, j'étais si absorbé par mon travail que je n'ai rien entendu!

ARGH!

ON CROIRAIT ENTENDRE GINA!

Je me hâte vers le local de sciences, espérant que M. Galvin ne soit pas là. Peut-être qu'il m'a oublié et qu'il est rentré chez lui.

Zut. Pas de chance.

Holà, attends une minute! Vient-il de me traiter de prétentieux? Ce n'est pas vrai! Je ne cherchais pas à épater la galerie, j'essayais juste de rendre les sciences plus intéressantes. M. Galvin ne s'est-il pas aperçu que sa petite expérience de voiture et de rampe était un vrai bâillothon?

— L'école, c'est sérieux, Nate, poursuit-il. Ce n'est pas une partie de plaisir.

Une partie de plaisir.

LA RÉUNION DES CAPITAINES!

Oh, NON!

Je devrais être au GYMNASE en ce moment! Je dois choisir les joueurs pour mon équipe de balle-molleton!

Je me mets à transpirer. M. Galvin continue de radoter, mais je ne peux pas rester là à attendre qu'il se taise.

Silence. Bon, mission accomplie. Il a arrêté de parler. Mais est-ce que je viens d'empirer la situation?

— D'accord, Nate, finit-il par dire. J'accepte tes excuses.

Je franchis la porte et cours vers le gymnase à la vitesse de distorsion facteur 10. Oublions la règle qui interdit de courir dans les couloirs. C'est une urgence!

— Tu arrives trop tard, Nate, dit-il. La réunion est terminée.

— Terminée? dis-je, le cœur serré. Mais...

Mes chances de remporter le Spofée viennent de s'envoler.

L'entraîneur lit mes pensées.

— Ne t'inquiète pas, Nate, dit-il en souriant. Tu es toujours capitaine. Et tu as une équipe.

Pendant une seconde, je ressens un pincement de déception. J'aurais tellement aimé choisir mon équipe moi-même! Puis je commence à lire la liste.

Francis et Teddy sont dans mon équipe? YÉH! Et il y a d'autres bons joueurs, aussi!

— Super! Cette équipe va être IMBATTABLE! dis-je. Merci, monsieur Calhoun!

MAIS... IL NE DEVAIT PAS Y AVOIR DIX JOUEURS PAR ÉQUIPE?

IL N'Y A QUE NEUF NOMS ICI.

L'entraîneur a l'air perplexe. Il regarde par-dessus mon épaule.

ENLÈVE TON POUCE.

Je fais glisser mon pouce. Au bas de la liste, je lis le dixième nom. Non! NON!

Je manque de m'étrangler. Est-ce que c'est une blague cruelle? Pourquoi Gina s'est-elle inscrite à la balle-molleton? Elle n'aime même PAS les sports! Elle va tout gâcher!

Holà! Attends une seconde. C'est mon équipe.
MON équipe.

JE suis le capitaine. JE suis responsable. Les
joueurs doivent faire ce que JE dis. Y compris
Gina.

Peut-être que ce ne sera pas si mal que ça. Peut-
être que pour une fois, Gina sera là où je la veux.

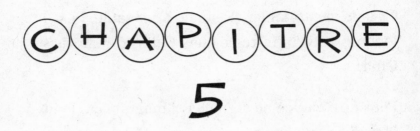

5

— Qu'as-tu choisi comme nom d'équipe? me
demande Francis sur le chemin du retour.

— Rien.

— Je n'avais pas encore trouvé de nom quand j'ai parlé à l'entraîneur, leur dis-je. Il m'a donné jusqu'à demain matin pour en choisir un.

— Eh bien, j'espère que ce sera un BON nom, dit Teddy. Il n'y a rien de pire que d'être dans une équipe au nom ridicule.

Ouais, c'était plutôt embarrassant.

— Tout de même, on avait un slogan accrocheur, dit Francis.

Nous arrivons chez moi.

— Une saison de hotdogs m'a suffi! dis-je. Je ne vais certainement pas nous donner un nom de nourriture!

— Alors, on ne sera pas les Nouilles de Nate? demande Teddy.

— Et si vous laissiez un EXPERT s'en occuper?
leur dis-je. Demain, j'aurai le nom parfait pour
notre équipe.

— Les Gerbilles de Gina! lance Teddy.

— Bonjour, Nate, dit
mon père. As-tu passé
une bonne journée?

— Pas mal, dis-je.

Mon estomac
gargouille. Toutes ces
discussions sur les
hotdogs et les frites
m'ont donné faim.

— Bien sûr, dit papa. Prends ce que tu veux.

Ce que je veux? Elle est bonne! Vois-tu, notre maison n'est pas comme les autres. Bienvenue dans...

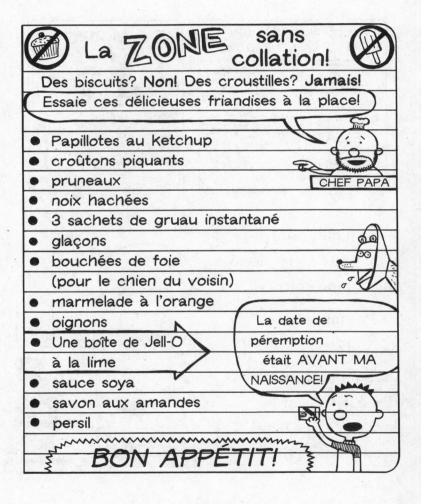

C'est pitoyable! Est-ce que ça tuerait mon père de laisser traîner quelques sacs de grignotines au fromage? Je m'apprête à gruger un pied de table quand...

Oups. C'est le moment d'aller dans ma chambre. Je ne veux pas entendre Ellen jacasser au sujet des garçons qui ne la remarquent jamais, ou du brillant à lèvres qu'elle va porter demain.

— Qui est-ce?

— Comment veux-tu que je le sache? demande
Ellen.

Une fille??? Ça ne m'arrive presque jamais. La
dernière fois qu'une fille m'a téléphoné, c'était
Annette Bingham qui vendait des biscuits pour
les guides. J'essaie de deviner qui ça peut bien
être, quand une pensée me traverse l'esprit :

Ce serait merveilleux! J'essaie d'avoir l'air calme en prenant l'appareil. Indifférent. Détaché.

Beurk. Super déception. La voix de Gina est encore plus énervante au téléphone. Si c'est possible.

— As-tu fait des recherches sur Ben Franklin? demande-t-elle d'un ton sec.

Attends une minute. Est-ce qu'elle me SURVEILLE?

— En fait, OUI, lui dis-je. Même si ce n'est pas tes affaires.

— Relaxe, Gina. Je ne vais pas gâcher ta moyenne parfaite.

— J'espère bien! aboie-t-elle. Parce qu'une seule note en dessous de A plus voudrait dire...

Le vieux truc de la pile. Ça marche à chaque fois.

— Qui était au téléphone? demande mon père avec espoir.

Heu, désolé, papa. Les seules personnes qui t'appellent sont des solliciteurs téléphoniques.

Merci BEAUCOUP, Ellen. Maintenant, papa va vouloir jouer au parent.

— Une FILLE! dit-il en haussant les sourcils. Vraiment?

— Ce n'était pas une fille, dis-je en marmonnant. C'était Gina.

Bon, ça devient carrément dégoûtant.

— NON! dis-je avec un haut-le-cœur. Gina est ma pire ENNEMIE!

— Oh! s'exclame Ellen. Mme Godfrey?

Oups. Grosse erreur. Je ne devrais jamais mentionner Mme Godfrey en sa présence, parce que...

Tu vois? Les vannes sont ouvertes! Et maintenant, elle court à sa chambre et revient avec...

...MON BULLETIN DE SIXIÈME ANNÉE!

Il y a une grande différence entre Ellen et moi : elle garde ses bulletins alors que je brûle les miens.

Elle est tout excitée.

— Voulez-vous entendre les commentaires de Mme Godfrey?

— Hum! fait-elle.

C'est dégoûtant. Je pars à grands pas. Si j'avais voulu entendre quelqu'un se vanter de ses notes, j'aurais continué de parler à Gina.

En plus, je sais déjà que Mme Godfrey est
l'admiratrice numéro un d'Ellen. Elle l'a fait
clairement savoir le soir de la rencontre des
parents.

Comprends-moi bien. Je ne souhaite PAS que Mme Godfrey m'aime. Les enfants qu'elle aime sont tous des épais. Mais la sixième année serait plus facile pour moi...

...SI ELLEN N'ÉTAIT PAS PASSÉE PAR LÀ AVANT.

Bon, assez parlé d'Ellen. À cause de son épisode narcissique — et de l'appel de Gina —, je n'ai pas eu le temps de me concentrer sur ce qui est VRAIMENT important :

COMMENT VAIS-JE APPELER MON ÉQUIPE DE BALLE-MOLLETON?

J'ai besoin d'un nom qui sorte de l'ordinaire. Beaucoup d'élèves nomment leur équipe de SPOF d'après leurs équipes professionnelles préférées. Quelle idée banale. Ça manque d'imagination. Je veux trouver quelque chose d'ORIGINAL.

Je prends un crayon. C'est l'heure du remue-méninges.

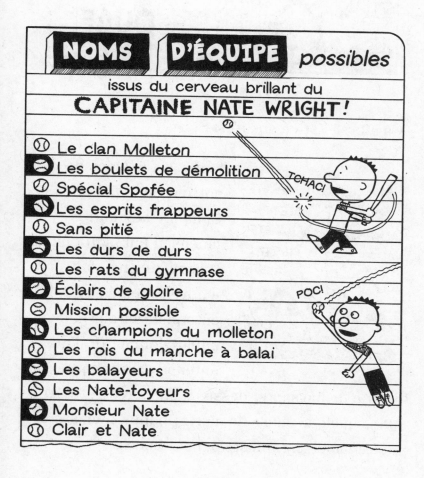

Hum. Pas mal, mais je peux trouver mieux.

Ça alors? Est-ce que c'est Spitsy?

Spitsy est le chien de notre voisin, M. Eustis. Comparé aux autres chiens, il fait plutôt pitié. Il porte un chandail mauve ridicule et un entonnoir autour du cou qui lui donne l'air d'une antenne parabolique. Il a le don de me sauter dessus juste après s'être roulé dans quelque chose de mort. Un jour, mon sac à dos a même été infesté par ses puces.

Mais il ne fait jamais de BRUIT. Je cours à la fenêtre pour voir ce qu'il a. On dirait que Spitsy aboie à cause de...

...rien.

Peut-être qu'il y avait quelque chose une seconde avant. Il a peut-être aperçu un chat ou un écureuil. Je ne vois rien. Mais Spitsy est en train de devenir complètement enragé.

Hé! J'ai TROUVÉ!

Tu te souviens que je voulais un nom qui sorte de l'ordinaire? Eh bien, j'ai le nom idéal. J'ai hâte de le dire aux autres.

Ils vont en être fous.

6

J'avais raison. Quand je dis à Francis et Teddy
que nous serons les Chiens Enragés, ils adorent.
La journée commence bien.

Oups. Ça n'a pas duré longtemps.

Chad a raison. En approchant de la cour d'école, j'aperçois Randy et sa bande d'acolytes près du piquet du spirobole. Pas besoin d'être Einstein pour comprendre son plan.

Pas de panique. Le règlement de la cour d'école est de mon côté.

Je ne pense pas qu'il y avait un règlement sur la sécurité avant l'année dernière. Avant l'Incident Éric Fleury.

Éric est complètement obsédé par les arts martiaux. Il peut être en train de faire une chose complètement normale, comme être en ligne pour la cafétéria, puis, sans raison, il se lance dans une  série de mouvements de kung-fu. Bizarre.

Un jour, à la récré, Éric et Danny Delfino jouaient à se battre dans la cour, en faisant du kick-boxing, du karaté et des trucs de ce genre. C'était plutôt ridicule, mais je dois admettre que ça avait l'air vrai.

Je suppose que ça avait l'air un peu TROP vrai. Le directeur ne savait pas qu'ils ne se battaient pas sérieusement. Il s'est mis à courir vers eux. Et il ne court presque JAMAIS, même pendant les parties de basketball entre élèves et profs.

En le voyant courir vers eux comme un hippopotame en fuite, ils ont perdu leur concentration de kung-fu. Ils sont tombés.

Éric a atterri d'une façon bizarre. On a entendu un bruit sec qui a résonné jusqu'au stationnement. Il s'était brisé le bras.

Évidemment, après cet incident, l'école a réagi de façon exagérée. Ils ont interdit les batailles pour rire et à peu près tout ce qui est amusant. Ce qui a rendu les récrés super ennuyantes.

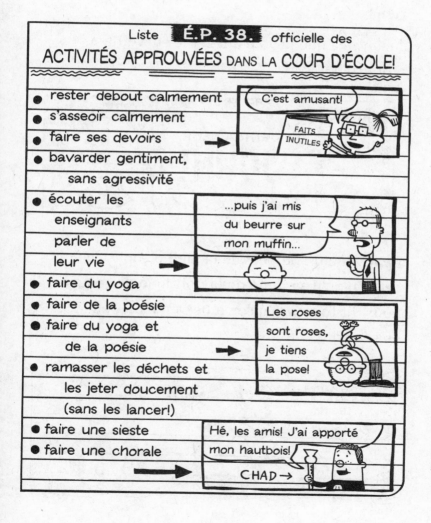

Mais tu sais quoi? En ce moment, je ne regrette pas la politique de sécurité, car ça va empêcher Randy de m'embêter. S'il déclenche quoi que ce soit qui RESSEMBLE à une bataille, la patrouille de la cour d'école va intervenir. Alors, je ne crains rien.

Jusqu'à ce que je voie qui est le surveillant aujourd'hui.

L'entraîneur John est de la vieille école. Je suis certain qu'il se fiche de la politique de sécurité. Il nous dit toujours qu'on a besoin d'un peu MOINS de sécurité.

S'il voit Randy essuyer l'asphalte avec mon visage, il le laissera probablement faire. Il dira que ça forge le caractère.

Donc, je ne peux pas compter sur l'entraîneur John pour m'aider. Je parie que Randy le sait aussi. Quand j'arrive dans la cour d'école, son groupe et lui ne cachent même pas leur intention de m'attaquer. J'ai le sentiment que je vais remplacer Éric Fleury comme symbole des blessures de cour d'école. Je peux entendre ça d'ici : Vous souvenez-vous de l'Incident Nate Wright?

C'est alors que j'ai une idée brillante :

J'ai de l'avance, mais peu. Et mon sac à dos me ralentit. Je sens que Randy me talonne quand je file à travers la cour et entre dans l'école.

Le directeur! On dirait qu'il a oublié de prendre ses antidépresseurs, ce matin.

VOUS PROFITEZ DE VOTRE RÉCRÉATION MATINALE, LES GARÇONS?

Récréation? Excusez-moi, je courais pour ma VIE! Mais je ne peux pas dire ça avec Randy à deux pas de moi.

Le directeur ne nous croit pas.

Je hoche la tête. Randy aussi. Je suppose qu'il veut rester près de moi parce qu'il a l'intention de me tuer, et tout ça.

— Eh bien, vous devez connaître la réponse à cette question…

Quel était le titre du livre que Ben Franklin a publié chaque année entre 1732 et 1758?

— L'almanach du pauvre Richard, dis-je aussitôt.

Le directeur a l'air surpris. Peut-être même impressionné.

— Très bien, Nate. Tu peux aller au labo.

Ouf! Je l'ai échappé belle. Randy s'éloigne d'un pas traînant, avec l'air encore plus meurtrier. Je pars vers le labo avant que le directeur ne me pose d'autres questions sur Ben Franklin.

En parlant de Ben, je me demande s'il a déjà dû affronter des crétins comme Randy?

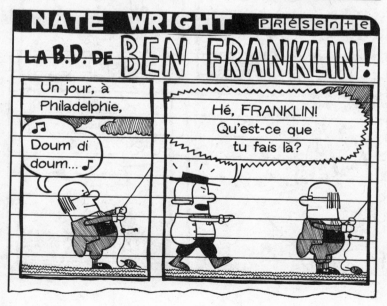

C'est la cloche. Je vais en classe en évitant de croiser Randy. Une fois que la classe commence, je peux me détendre. Il n'est dans aucun de mes cours.

C'est un matin ordinaire. Mme Godfrey me crie après en études sociales, Mme Clarke nous donne de nouveaux mots de vocabulaire (pourquoi pas « extrêmement » et « ennuyeux »?) et M. Rosa nous fait faire des sculptures d'argile.

— Un morse? dis-je. Mais non, c'est un CHIEN
ENRAGÉ, voyons!

— Quoi, oh, oh!? dis-je, irrité.

— As-tu pensé à donner le nom de l'équipe à
l'entraîneur, ce matin? demande Francis.

L'entraîneur voulait le nom ce matin! J'étais si obsédé par Randy que j'ai complètement oublié!

Quel nul je suis! J'espère que l'entraîneur n'était pas trop fâché.

Finalement, la cloche sonne. Trente secondes plus tard, je suis à son bureau.

— Je suis désolé de ne pas vous avoir donné notre nom d'équipe, ce matin, dis-je en balbutiant. J'étais…

L'entraîneur m'interrompt en souriant :

— Pas de problème, Nate.

Attends une minute. Comment est-ce…

— Vous… vous l'avez eu?

— Juste à temps… dit-il.

A-t-il dit… GINA?? La pièce se met à tourner. J'ouvre la bouche pour dire quelque chose, mais rien ne sort.

— Je suis fier de toi, ajoute l'entraîneur. C'est gentil de l'avoir laissée choisir.

— Attendez! dis-je. Qu'est-ce que Gina…

— J'ai imprimé l'horaire. Il est sur mon bureau!

J'ai peur de regarder.

Peter	....	Les Pumas
Hannah	....	Les Gazelles
Matt	....	Les Grizzlys
Randy	....	Les Rapaces
Becky	....	Les Abeilles

C'est pire que ce que j'imaginais. Pire que ce que N'IMPORTE QUI pourrait imaginer. Gina vient de ridiculiser mon équipe de balle-molleton. Grâce à elle, je suis maintenant le capitaine d'un groupe de...

...CHATONS MIGNONS.

7

Peu importe ce qui est écrit. Je vais quand même nous appeler les Chiens Enragés.

Mais je suis le seul.

Super. L'entraîneur a déjà affiché l'horaire. La moitié de l'école l'a vu, et l'autre moitié le verra en allant à la cafétéria. Quel désastre.

Oh, que je la déteste! Je ne sais pas comment elle a convaincu l'entraîneur de la laisser choisir le nom. Mais je sais qu'elle ne s'en tirera pas comme ça.

Tu te souviens de la liste des choses que je déteste? Les œufs-mayonnaise y étaient. Alors, je ne vais pas manger cette bouillie. J'ai d'autres projets.

Je scrute rapidement les tables et repère aussitôt Gina. Elle est près de la scène avec ses amis du Club des Intellos. Peuh! Regarde son sourire snob. On verra si tu souriras toujours, Gina...

Je vais m'arranger pour que ça ait l'air d'un accident. Je vais faire comme si j'allais aux machines distributrices et que le plateau me glissait des mains. HA!

Tout s'arrête. La cafétéria est silencieuse. Jusqu'à ce que Jenny se mette à hurler :

Elle est vraiment en colère. C'est une colère à la GODFREY. Son regard furieux me transperce le front. Elle enlève un peu d'œufs de ses cheveux. Pendant une seconde, je pense qu'elle va me le lancer. Puis l'entraîneur s'approche de nous.

Un gâchis. C'est un bon mot pour décrire ma
journée. D'abord, Randy qui me poursuit. Puis
Gina qui tourne mon équipe en ridicule. Et
maintenant Jenny, qui ne me parlera
probablement plus jamais.

Bon, elle me parle encore. Tout n'est pas perdu.

Je finis de nettoyer et vais retrouver Francis et
Teddy.

— Après-midi?

— Heu… allô? Capitaine de balle-molleton? dit
Francis. C'est notre première partie aujourd'hui!

— En parlant de balle-molleton, ajoute Teddy…

Je leur raconte toute l'histoire. Ils ne sont pas
surpris. Ils savent à quel point Gina peut être
détestable.

OUI! On joue souvent à ce jeu. C'est très simple :
quelqu'un fait un gribouillis...

et il faut le transformer en dessin.

On s'amuse bien. On commence à peine à
s'échauffer quand…

Super. Artur. Il est
sûrement fâché que j'aie
échappé mes œufs-
mayonnaise sur Jenny.

— Bonjour, les gars, dit-il en souriant.

Bon. Je suppose que non. Arthur ne se fâche
probablement JAMAIS. Il est trop parfait.

— D'accord! répondent Francis et Teddy.

Je hausse les épaules. Je m'en fiche.

Comprends-moi bien. Je ne déteste pas Artur. Mais c'est énervant que tout aille toujours bien pour lui. Il ne se fait jamais pourchasser par Randy. Il n'a jamais échappé son plateau sous les yeux de toute l'école… parce qu'il est…

— À toi, Artur, dit Teddy en lui tendant un
gribouillis.

— Dépêche-toi, Artur! dit Francis. La cloche va
sonner dans deux minutes!

Une minute et cinquante-neuf secondes plus tard :

Ça alors, il a fait ÇA en deux minutes?

— C'est incroyable, Artur! s'écrie Francis.

Ouais, ouais. Levons-nous tous pour applaudir
l'incroyable Artur. Que va-t-il faire ensuite?
Découvrir un remède contre le cancer pendant
l'heure d'étude?

— Je suis dans l'équipe de Becky. On joue contre vous.

YÉH!

— Vraiment? dis-je d'un ton indifférent. Oui, ce sera amusant…

L'après-midi est un vrai endormitoire. M. Galvin me sermonne parce que je ronfle en classe, mais je finis par survivre à cette journée. Elle est enfin terminée.

L'entraîneur nous rappelle les règles (il ne pourrait pas se dépêcher?), puis les équipes se séparent.

— Venez, les Chiens Enragés! dis-je à mes joueurs.

— Les Chiens Enragés? répète Paige.

— C'est quoi, ce truc? dis-je en regardant la boule de fourrure dans la main de Gina.

Je ne sais pas si je peux en supporter davantage.

Quelqu'un, passez-moi un seau. Je vais vomir.

L'entraîneur donne un coup de sifflet.

— Bon, les Abeilles et les Chatons Mignons...

Une fois la partie commencée, peu importe notre nom. Nous jouons comme des Chiens Enragés. Avec Teddy, Francis et moi au centre de notre formation, nous comptons rapidement une série de points.

Mais nos adversaires grugent peu à peu notre avance. Pas parce qu'ils sont bons, mais parce qu'ils envoient toujours la balle vers Gina.

Elle ne peut ni attraper, ni lancer, ni frapper, ni courir.

À part ça, elle est très bonne.

Je voudrais la faire asseoir sur le banc durant toute la partie. Mais c'est impossible. Tout le monde doit jouer.

À la cinquième manche, elle commet quatre erreurs. QUATRE erreurs! Je suis de plus en plus enragé. Est-ce qu'elle s'en fiche? Fait-elle un effort, au moins?

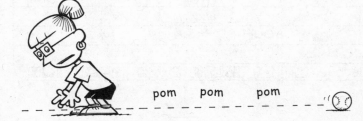

pom   pom   pom

— Temps mort! lance l'entraîneur en s'approchant de moi.

Puis il baisse la voix :

— Eh bien, Gina ressent peut-être la même chose quand elle fait une erreur. Elle ne fait pas EXPRÈS.

— Je sais, dis-je en rougissant.

— Un capitaine doit ENCOURAGER ses joueurs, poursuit l'entraîneur.

Devant son sourire, je me sens à la fois honteux et réconforté. Le jeu reprend.

Qu'est-ce qui arrive ensuite? Artur (qui d'autre?) frappe une balle à l'entre-champ avec les bases remplies. 9 à 8 pour les Abeilles. C'est notre dernier tour au bâton. Gina commence la manche.

C'est son quatrième retrait de la journée. Je me mords la langue. Teddy frappe un double, plaçant le point égalisateur sur les bases. Puis Francis frappe une petite chandelle. Deux retraits.

C'est à moi.

Je frappe au premier lancer, mais c'est une fausse balle. La deuxième est directement au-dessus du marbre. Je prends mon élan :

Deux prises. Ce n'est
pas grave. Il suffit
d'un lancer. Un seul
coup peut égaliser le
match. Ou nous faire
gagner.

C'est bizarre. Je ne suis pas nerveux. Je suis très
calme. J'attends que le lanceur prenne son élan.
Je regarde la balle quitter sa main. Avant que la
balle ne soit à mi-chemin, je sais que je vais la
frapper.

Je serre les mains sur le manche à balai...

...et je frappe.

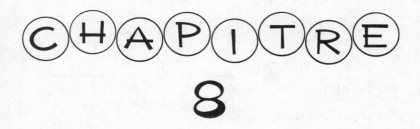

CHAPITRE 8

— Quelque chose te tracasse, Nate? demande mon père.

Hein? Ouais, quelque chose me tracasse. Quelque chose dans mon assiette.

Mais je ne le dis pas. Quand il s'agit de cuisine, mon père n'apprécie pas les critiques constructives. En plus, il sait probablement que ce n'est pas le brocoli qui me déprime.

— Ça t'aiderait peut-être d'en parler? dit-il en prenant sa meilleure expression de parent-soucieux.

Je secoue la tête. Sans vouloir te vexer, l'adulte, je ne suis pas d'humeur à avoir

INFO PAPA :
Son expression de parent-soucieux est identique à son expression « je-ne-sais-pas-faire-fonctionner-le-lecteur-DVD ».

une discussion père-fils. Pas parce que je n'ai pas envie de parler. Parce que je n'ai pas envie d'ÉCOUTER.

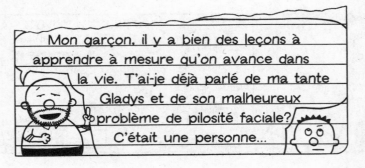

Mon garçon, il y a bien des leçons à apprendre à mesure qu'on avance dans la vie. T'ai-je déjà parlé de ma tante Gladys et de son malheureux problème de pilosité faciale? C'était une personne...

Je cache le reste de mon brocoli sous ma
serviette.

— Est-ce que je peux sortir de table?

Mon père finit par comprendre que je ne me
confierai pas. Il hausse les épaules et dit :

— Oui, tu peux.

Je suppose que
c'est gentil de sa
part de
s'inquiéter. Bien
des parents ne
s'en soucieraient
même pas.

Mais je n'ai pas envie de lui raconter la partie de
balle-molleton.

J'étais tellement certain de frapper cette balle
inutile.

ET JE L'AURAIS FAIT...

...SANS L'INTERVENTION DE GINA!

RAPPEL ÉCLAIR

T'es-tu déjà retrouvé dans La Zone? Ce n'est pas un endroit. C'est une SENSATION. C'est quand tu es certain à cent pour cent que quelque chose va arriver exactement comme tu le souhaites.

Quand la balle volait vers moi, j'étais dans La Zone. Tout bougeait au super ralenti. J'étais complètement concentré. Je savais ce que j'avais à faire.

Et puis…

L'entraîneur a secoué la tête.

— Désolé, Nate. Tu ne peux pas accuser un
coéquipier d'interférence.

La partie était terminée. Quelle fin brutale.
J'aurais voulu déchirer le chat en peluche en
millions de morceaux.

Mais je ne l'ai pas fait. J'ai serré les dents et la main de mes adversaires.

Perdre est déjà assez difficile. Mais quand tu es retiré à la fin d'une partie — même si ce n'est pas ta faute! —, c'est tout ce dont les gens se souviennent. Tu ne peux rien y faire. Tu es le bouc émissaire.

HUM.

? ?

PAPA!

HÉ, PAPA?

JE NE TROUVE PAS DE SOUS...

VÊTEMENTS.

AAAAH!

— Nate, ton amie Gina est ici, dit mon père.

Oh, vraiment? Merci du bulletin de nouvelles, papa! Tu n'as pas pensé à me le dire AVANT que je descende à moitié nu?

Je file au sous-sol, le visage empourpré. Trente secondes plus tard, je suis habillé et de retour dans la cuisine. Mon père a toujours son air jovial.

M'occuper de mon invitée? Et si je lui demandais plutôt ce qu'elle veut, pour m'en débarrasser?

— Hé, Nate! chuchote mon père.

Quoi? MIGNONNE? Non, non, non! Un chiot est mignon. JENNY est mignonne. Gina n'est vraiment pas, absolument PAS mignonne.

Je lui expliquerai plus tard. Pour le moment, je dois me renseigner :

— À ton avis, crétin? grogne Gina de son ton charmant habituel. On fait un travail ensemble. Il faut comparer nos notes!

Elle sort un dossier de la taille d'une valise. Elle

l'ouvre. C'est exactement ce à quoi on peut s'attendre d'elle. Des pages et des pages de recherches sur Ben Franklin. Tapées à l'ordinateur. Avec des notes de bas de page. Des tableaux chronologiques. Je crois même apercevoir un diagramme circulaire.

— Attends! dit-elle. J'aimerais voir TON travail.

Elle a un petit sourire suffisant. Impossible d'être plus baveuse!

— J'ai fait BEAUCOUP de travail, Gina, dis-je froidement. Attends ici.

Je vais chercher ma chemise dans ma chambre. Alors, elle pense être la SEULE à connaître Ben Franklin?

Je flanque les papiers sur la table.

Sans vouloir me vanter, c'est plutôt impressionnant. Il y a un peu de tout : des dessins incroyables des grands moments de la vie de Ben...

…des descriptions de ses incroyables inventions…

…et la véritable histoire derrière les célèbres citations de Ben.

Gina y jette à peine un coup d'œil, puis déclare avec un reniflement méprisant :

— C'est une BLAGUE? On ne met pas de bandes dessinées dans notre travail!

— Si tu mets ces dessins idiots dans ma recherche, tu vas gâcher ma moyenne! gémit-elle.

— Ah, vraiment?

— Je ne veux même plus jouer dans ton équipe de nuls! crie-t-elle.

Je crie à mon tour :

Gina réfléchit une seconde.

ALORS, **NE JOUE PAS!**

— D'accord, dit-elle. Je ne jouerai pas...

...SI TU NE METS PAS **TA B.D.** DANS MA RECHERCHE!

— TA recherche? dis-je. Mme Godfrey nous a dit de travailler ENSEMBLE.

SI NOUS REMETTONS DEUX PROJETS DIFFÉRENTS, ELLE VA NOUS DONNER **UN F À TOUS LES DEUX!**

— Pas de problème, dit-elle. Je vais faire le devoir, et je mettrai nos deux noms dessus.

Je dois admettre que c'est un très bon plan.

— Et tu vas abandonner l'équipe de balle-molleton?

— On ne peut pas abandonner les SPOF sans raison, me rappelle-t-elle.

— Eh bien, c'est toi l'intello…

— D'accord, dit-elle. Affaire conclue.

Mon père dépose le plateau avec un sourire complice. Attends, est-ce qu'il pense que...

— Tu n'interromps rien! lui dis-je.

— Allez! Vous pouvez continuer de faire... heu, ce que vous faisiez! dit-il en gloussant.

CHAPITRE 9

L'ALMANACH

Prix :
1,00 $

du pauvre Nate

— Notre devise : —

Dernière heure, Nate est le meilleur!

Bienvenue à cette première édition de l'APN, inspiré de Ben Franklin (le Nate de l'époque coloniale!). Tu cherches les nouvelles de l'heure, des B.D., des casse-tête amusants et des paroles sages du pauvre Nate? Alors, lis!!

■□•■◣■ •□■◫◆■◧ ■◫■□ •■□□◗■ □◗◙◨! !

ACTUALITÉ → PROJET SPÉCIAL :
LES ÉLÈVES PANIQUENT

Il y a un mois, Mme Godfrey a donné un projet de recherche aux élèves. Ce travail doit être remis DEMAIN! Certains élèves (dont moi) n'ont pas à s'inquiéter, mais d'autres PANIQUENT! Voici ce qu'ils nous ont révélé lors d'une

ENTREVUE EXCLUSIVE!

CHAD

Il paraît que l'an dernier, Mme Godfrey a fait échouer des élèves!

Ce travail m'a épuisée émotionnellement et physiquement!

membre du club de théâtre →

DEE DEE

KEVIN

Le stress me donne de drôles de boutons.

Certains élèves ont demandé plus de temps à Mme Godfrey, mais...

SHARON

...elle a répondu : pas question, pas d'exception!

Hé, du calme, tout le monde!
Rappelez-vous que Ben Franklin
n'a jamais fini sa sixième année...
et voyez comme il a bien réussi!

* * * * * * * * * *

PROVERBE DU PAUVRE NATE :

Pourquoi t'épuiser et céder à la panique
quand ton prof est antipathique?

Et maintenant, voyons ce qui se passe...

⬛⬛ ◻⊞◻—▽◼•◼◻◻• !

POTINS DE CLASSE!

Savais-tu que tu peux apprendre toutes
sortes de potins et de secrets
en traînant à côté de la salle des profs?

ENSEIGNANTS

...et alors j'ai dit qu'il serait agit comme s'il même pas de quoi

C'est VRAI!
Je l'ai fait
récemment, et
voici ce que
j'ai appris :

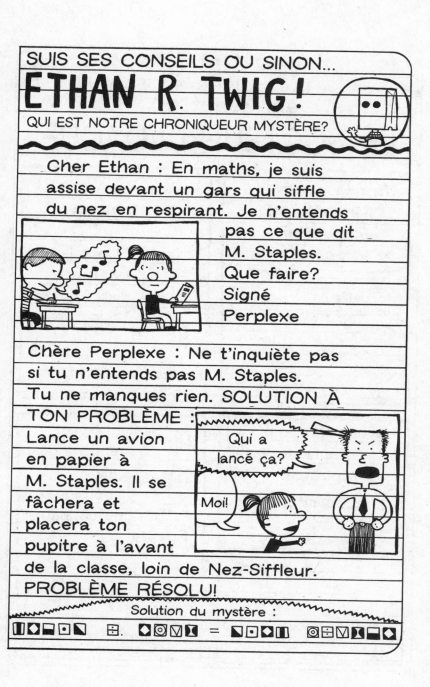

Cher Ethan : En maths, je suis assise devant un gars qui siffle du nez en respirant. Je n'entends pas ce que dit M. Staples. Que faire?
Signé
Perplexe

Chère Perplexe : Ne t'inquiète pas si tu n'entends pas M. Staples. Tu ne manques rien. SOLUTION À TON PROBLÈME : Lance un avion en papier à M. Staples. Il se fâchera et placera ton pupitre à l'avant de la classe, loin de Nez-Siffleur. PROBLÈME RÉSOLU!

Qui a lancé ça?

Moi!

Solution du mystère :

▯▮◆▯◾▯ ▤. ◆◙▨▨ = ▮◆◾◆▯ ◎◖▨▨▮◾◾◆

LE CASSE-TÊTE DU PAUVRE NATE

Trouve les réponses

et remplis les cases!

	1.	2.	3.	4.
1.				
2.				
3.				
4.				

HORIZONTAL

1. Photo en gros_____
2. À tire d'_____.
3. À tour de _____.
4. Je suis, tu es, ils _____ (à l'envers).

VERTICAL

1. Une _____ de gâteau.
2. Il a une crinière.
3. Salutation téléphonique.
4. Elles ne sont pas _____ de la dernière pluie.

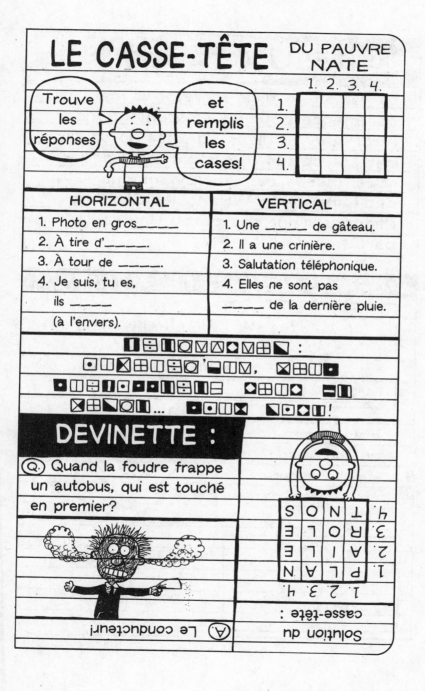

DEVINETTE :

Q. Quand la foudre frappe un autobus, qui est touché en premier?

A. Le conducteur!

Solution du casse-tête :

	1.	2.	3.	4.
1.	P	L	A	N
2.	E	I	L	E
3.	E	L	O	R
4.	T	N	O	S

PLEINS FEUX SUR LES SPOF

La saison de balle-molleton a mal commencé pour les Chatons Mignons (vrai nom : Chiens Enragés) lorsqu'ils ont été battus 9 à 8 par les Abeilles. Mais, menés par leur dynamique capitaine, Nate Wright, les Chatons Mignons n'ont pas perdu une seule partie depuis!

↘ GRANDS MOMENTS DE LA SAISON ↙

Un attrapé incroyable de Teddy lors du match contre les Pumas.

Francis a frappé un double en supplémentaire contre les Grizzlys.

Nate a retiré douze batteurs et vaincu les Cyclones.

Et nous avons écrasé les Faucons... par notre jeu et notre esprit de répartie.

Ton équipe ne méritait pas de gagner. Tu as eu de la chance. Si ce n'avait pas été de quelques bla bla bla tu aurais bla bla bla bla bla bla bla bla tu aurais bla bla bla bla tu aurais bla bla bla bla bla bla bla bla bla bla bla bla bla bla bla bla bla

Mieux vaut bien faire que bien dire.

↑ citation de Ben Franklin

CLASSEMENT - BALLE-MOLLETON

	ÉQUIPES	VICTOIRES-DÉFAITES
1.	Chatons Mignons	5 – 1
2.	Rapaces	5 – 1
3.	Grizzlys	4 – 3
4.	Faucons	4 – 3
5.	Pumas	3 – 4
6.	Cyclones	3 – 4
7.	Abeilles	3 – 4
8.	Gazelles	0 – 7

Il ne reste plus *qu'une partie!*

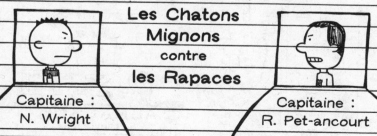

Les Chatons Mignons
contre
les Rapaces

Capitaine : N. Wright

Capitaine : R. Pet-ancourt

— Tu demandes aux gens de payer UN DOLLAR pour ça? demande Francis en feuilletant un exemplaire de L'almanach du pauvre Nate.

— Ouais, dis-je fièrement.

Francis lève les yeux au ciel.

— Tu devrais ajouter un horoscope dans la prochaine édition, dit Teddy. Pour que les gens connaissent leur avenir.

Oh, oh. Le directeur Nichols. Pourquoi se promène-t-il dans les couloirs? Est-ce que quelqu'un donne des beignes gratuits?

— Je vends un almanach, lui dis-je. Je suis écrivain, éditeur et homme d'affaires!

Tu vois comment je fais un lien avec les études sociales? Bien pensé, hein?

— J'admire ton initiative, Nate.

— Mais les élèves vendent souvent des trucs à l'école! dis-je.

Les meneuses de claque vendent des t-shirts...

Encouragez les Lynx!

Le club de sciences vend du chocolat...

C'est le phosphate de calcium qui donne du goût!

? ?

— Ils le font afin d'amasser des fonds pour des activités scolaires, répond le directeur. Et toi, tu recueilles de l'argent pour quoi?

HEU... LE FONDS D'ALLOCATION DU PAUVRE NATE? HA, HA!

HÉ, HÉ... ⋇ GLOUPS! ⋇

seulement 1,00 $

ALMANACH du pauvre Nate

Rien. Même pas un sourire. Hé, tu te souviens du gentil directeur qui distribuait des boîtes de jus le premier jour d'école? Qu'est-il arrivé à cet homme?

— Tu feras des affaires pendant ton temps libre, Nate, dit-il d'un ton sévère.

Il s'en va, probablement à la recherche de quelqu'un à qui donner des ordres. Ce doit être comme ça que se sentaient Ben Franklin et les autres pères fondateurs face au roi George.

Teddy et moi plions la table et la transportons dans le couloir. C'est alors que les choses se compliquent.

J'entends la voix de Chad un peu plus loin :

Puis une autre voix :

Encore Chad :

Je ne sais pas ce qui se passe, mais j'entends des pas qui approchent. Des pas RAPIDES.

En arrivant au bout du couloir, je vois enfin de quoi il s'agit. Randy a pris le cahier de Chad. Il court vers nous. Il ne nous a pas vus.

La table tombe par terre. Randy aussi. Je vois du
rouge sur son visage. Du sang commence à couler
de son nez.

C'est génial.

Randy n'hésite pas. Il regarde Mme Clarke, me
pointe du doigt et… ment effrontément :

QUOI? J'ouvre la bouche pour protester, mais
Mme Clarke parle avant moi :

CE N'EST PAS CE QUE J'AI VU.

Tu t'es fait saigner TOI-
MÊME du nez parce que tu
COURAIS dans le couloir.

NATE TRANSPORTAIT JUSTE UNE TABLE.

Randy a l'air stupéfait. Répète après moi : C'est…
vraiment… GÉNIAL!

VA VOIR L'INFIRMIÈRE POUR TON NEZ.

…ET APRÈS L'ÉCOLE, TU POURRAS MARCHER JUSQU'AU LOCAL DE RETENUE.

Randy hésite. Puis il tourne les talons. Il me foudroie du regard en passant, et marmonne quelque chose d'incompréhensible.

— Qu'est-ce qu'il a dit? demande Teddy.

— Je ne suis pas certain, dis-je. Quelque chose à propos de...

CHAPITRE 10

Demain est déjà arrivé.

C'est vrai! Une partie victorieuse pour le Spofée…

— Oh, je suis prêt, lui dis-je d'un ton confiant.

Silence. Papa me regarde comme si j'avais deux têtes.

— De balle-molleton, évidemment. Et toi, de quoi parles-tu?

Il lève un sourcil.

— De ton projet d'études sociales…
ÉVIDEMMENT.

C'est bizarre. D'habitude, papa ne sait rien de ce qui se passe à l'école. Et maintenant, il veut être M. Détail?

Je ne veux pas qu'il soit au courant du marché que j'ai conclu avec Gina. Alors…

Les gars se moquent de moi jusqu'à l'école. Mais
ça ne me dérange pas. Les choses vont plutôt bien
en ce moment. Non seulement le fait d'être le
partenaire de Gina me garantit pratiquement un
A plus, mais je n'ai rien fait avec elle. C'est super,
non?

Nous entrons dans la classe de Mme Godfrey.
Tout à coup, c'est l'énervement collectif. Les
élèves vérifient leur travail une dernière fois,
s'assurent qu'ils n'ont rien oublié. Ce qui me fait
penser...

— Pourquoi? dit-elle.

Peuh! Parce que je ne te fais pas confiance, bien
sûr. Ce serait bien ton genre d'enlever mon nom à
la dernière seconde.

— Pourquoi as-tu mis TON nom en premier?

— Tu veux rire? dit-elle d'un air féroce.

Gina reprend ses feuilles.

— JE vais aller le lui donner, grogne-t-elle en se précipitant vers la prof.

Il y a de quoi vomir! As-tu vu la façon dont elles se sourient? Est-ce un cours d'études sociales ou une réunion familiale? Donne-lui simplement ce satané devoir, Gina.

Mme Godfrey commence à feuilleter notre recherche. Son sourire s'évanouit lentement. Qu'est-ce qu'il y a?

OH NON...

A-t-elle dit « oh non »?

— Il y a... une erreur? demande Gina.

Sa voix est un peu plus aiguë que d'habitude.

— Peux-tu me parler de vos supports visuels? demande Mme Godfrey.

Je regarde Gina. Elle a l'air... PANIQUÉE.

JE... HEU... J'AI IMPRIMÉ DES IMAGES DE L'INTERNET ET J'AI PHOTOCOPIÉ DES LIVRES DE LA BIBLIOTHÈQUE...

Mme Godfrey fronce les sourcils.

— Les directives étaient pourtant claires.

Les supports visuels constituent une partie importante de votre projet. Vous devez les créer vous-mêmes. L'utilisation d'images de sources extérieures peut entraîner un échec.

Les yeux de Gina s'écarquillent. Les miens aussi. Son Altesse Royale a oublié de lire les directives? VRAIMENT? Hé, quelqu'un a un appareil photo? Je veux un souvenir de ce moment.

Elle se met à trembler.

UN... UN ÉCHEC?

Est-ce possible?
Mlle Parfaite pourrait
avoir un F?

— Cette recherche devait être une création
entièrement originale, déclare Mme Godfrey d'un
ton sévère.

Gina est catastrophée. C'est un grand moment. Je
veux le savourer. Je n'aurai peut-être plus jamais
une occasion pareille.

— Quant à toi, Nate, dit Mme Godfrey en se
tournant vers moi…

Gloups. Retour à la réalité. Pendant une minute, j'avais oublié que Gina et moi étions en ÉQUIPE pour ce travail inutile.

— Vous formez une équipe, non? dit-elle d'un ton impatient.

Super. Merci BEAUCOUP, Gina. Je t'avais dit qu'on aurait dû utiliser...

Je vais chercher mon dossier sur mon pupitre.
Peut-être… PEUT-ÊTRE! que ça réparera la gaffe
de Gina.

Elle semble un peu surprise, mais elle ouvre la
chemise. Gina s'approche de moi.

— Qu'est-ce que tu fais? chuchote-t-elle d'un air
fâché.

— …parce que si tu ne l'as pas remarqué, Gina,
TES supports visuels nous ont valu un F!

Mme Godfrey examine chaque page. Elle ne feuillette pas seulement le dossier, elle le LIT. Hé, je suis bien d'accord. Il y a des trucs de qualité, là-dedans. Comme ma dernière B.D. :

— Nate, as-tu fait ces dessins toi-même? demande Mme Godfrey.

Elle n'a pas son ton désagréable habituel. Elle a l'air de BONNE HUMEUR.

— Oui, dis-je.

— Ces dessins sont vraiment originaux, dans le meilleur sens du terme, poursuit-elle. Cela rend votre projet unique!

Gina va exploser. Son visage est violet et elle peut à peine parler. Est-ce que ça ressemble à ça, une crise cardiaque?

— C'est tout indiqué pour un travail sur Benjamin Franklin! dit Mme Godfrey. Nate, je suis certaine que tu peux nous dire pourquoi!

Durant une demi-seconde, je ne sais pas de quoi elle parle. Puis je comprends.

— Il créait des caricatures politiques et les publiait dans son propre journal, explique-t-elle. Et Nate...

— As-tu entendu ça, Gina? dis-je.

Charmants!

HÉ
HÉ
HÉ

Évidemment, Gina ne peut s'empêcher de demander :

— Est-ce qu'on va avoir un A plus?

Mme Godfrey nous fait signe d'aller nous asseoir.

— Je ne peux rien vous promettre! dit-elle joyeusement.

Nous retournons à nos places. Gina ne dit rien. Mais ça fait mon affaire. J'ai PLEIN de choses à dire.

— Alors, Gina, malgré ton erreur idiote, on dirait que tu vas avoir ton précieux A plus, finalement!

Son visage devient tout rouge.

— Ce n'est pas seulement toi qui as fait le travail! siffle-t-elle. ON a contribué tous les deux!

— Ouais, ouais, comme tu veux. Oh, Gina, une dernière chose…

On dirait que son visage va s'enflammer. Je vois bien qu'elle veut me crier des insultes, mais elle ne dit rien. Elle sait que j'ai raison. Elle sait que sans moi, elle aurait pu faire une croix sur sa moyenne parfaite.

Qui aurait cru qu'avoir A plus serait si amusant?

Sais-tu ce que je déteste? Attendre.

C'est déjà assez ennuyant d'attendre pour des choses ordinaires, comme la salle de bain.

Mais attendre pour quelque chose d'important, comme le match de championnat contre les Rapaces? C'est horrible. Tout avance au super ralenti.

C'est seulement lorsque la cloche sonne — ENFIN! — que le temps se met à avancer normalement. Je sors en courant du labo de sciences, passe par mon casier et me dirige vers le gymnase.

C'est un peu difficile de comprendre Randy avec son nez emballé comme un kilo de bœuf haché, alors je vais traduire. Il vient de me dire que « l'heure de la vengeance a sonné ». Je suppose qu'il croit faire partie de la meilleure équipe.

La voilà. Elle parle à l'entraîneur. Je dois le reconnaître : elle a promis de ne pas jouer, et elle ne l'a pas fait. Elle invente une excuse différente à chaque partie.

Hum. Un empoisonnement alimentaire. C'est nouveau. Et comme le repas de midi était dégoûtant, c'est très crédible. Bravo, Gina.

Mais assez parlé d'elle. On a une partie à gagner. Il n'y a qu'un seul problème.

Dès mon premier lancer, Randy projette la balle sur le mur du fond. Si une balle frappe sous la bannière, c'est un double. Si elle arrive au-dessus, c'est un coup de circuit.

Randy fait le tour des bases d'un air crâneur, un grand sourire plaqué sur la figure. En atteignant le marbre, il saute sur la plaque comme s'il mettait le pied sur la Lune. Quel crétin.

Ce qui est bien avec la balle-molleton, c'est qu'on compte beaucoup de points. Un recul de 1-0 n'est pas la fin du monde, parce qu'on peut se rattraper. Et c'est ce qui arrive. Après une manche, le pointage est 2-1 pour les Chatons Mignons.

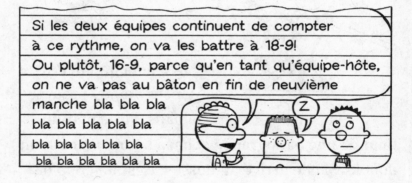

Si les deux équipes continuent de compter à ce rythme, on va les battre à 18-9! Ou plutôt, 16-9, parce qu'en tant qu'équipe-hôte, on ne va pas au bâton en fin de neuvième manche bla bla bla bla bla bla bla bla bla bla bla bla bla bla bla bla bla bla bla

Ensuite, c'est 4-2 pour les Rapaces, puis 5-4 pour les Chatons Mignons. Et après, 6-5 pour les Rapaces. Tu vois ce que je veux dire? Ça va et ça vient comme ça durant toute la partie.

À la neuvième manche, le pointage est de 9-9. Et regarde qui est au bâton.

Je déteste l'admettre, mais Randy est difficile à retirer. Il a déjà eu trois coups sûrs, aujourd'hui.

Il frappe toujours solidement la balle. Je suis donc étonné de voir…

…qu'il envoie un faible roulant vers Francis au premier but.

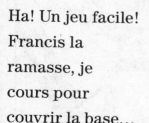

Ha! Un jeu facile! Francis la ramasse, je cours pour couvrir la base…

...et c'est alors que ça arrive. L'heure de la vengeance.

BING!

On dirait que mon pied vient d'exploser. Randy et moi tombons sur le sol. Randy se relève aussitôt. Mais pas moi. Je suis trop occupé à me rouler par terre de douleur.

Quoi? Des choses qui arrivent? Heu, ouais, chaque fois que RANDY est dans le coin! Je pensais que l'entraîneur était plus intelligent que ça. Ne voit-il pas que Randy m'a écrasé le pied EXPRÈS?

Francis et Teddy m'aident à me rendre aux gradins. L'entraîneur me donne un sac de glace.

— Plus de balle-molleton pour toi aujourd'hui, dit-il.

— Pas nécessairement! lance Chad.

Quoi? Chad, es-tu FOU?

Je m'écrie :

— NON!

L'entraîneur me jette un regard soupçonneux, puis se tourne vers Gina.

— Ton équipe a besoin de ton aide, Gina. Te sens-tu assez bien pour jouer?

Elle me regarde dans les yeux.

— Formidable! dit
l'entraîneur.

Apparemment, il ne sait
pas que c'est loin d'être
formidable. En fait, ça
peut nous mener au
désastre.

— Rien, répond-elle d'un air suffisant. Je remplace juste un coéquipier blessé.

Très drôle.

— Écoute, Gina…

Elle est sérieuse?

— Tu rêves, Gina, dis-je en ricanant.

Avant qu'elle puisse me crier dessus, l'entraîneur nous interrompt.

— Assez discuté, vous deux. Au jeu!

Lorsque Gina marche vers le champ droit, j'entends glousser quelques joueurs des Rapaces. J'ai un mauvais pressentiment…

Au début, tout se passe bien. Les Rapaces remplissent les bases, mais nous inscrivons deux retraits. Il n'en manque qu'un pour conserver l'égalité.

Il l'envoie à Gina.

11-9 pour les Rapaces. Nous obtenons le troisième
retrait au prochain lancer, mais le mal est fait.
Merci, Gina.

Il nous reste un tour au bâton. La bonne nouvelle :
Teddy et Francis atteignent les bases avec deux
retraits. La mauvaise : qui est le numéro trois?

La Terre à Chad : non, absolument pas.

Tu vois? Son chat empaillé aurait plus de chances de frapper. C'est horrible. Je ne peux pas rester là à nous regarder perdre. Je DOIS faire quelque chose.

Elle est muette d'étonnement. Mais pas l'entraîneur :

— Va t'asseoir, Nate, aboie-t-il.

Il est sérieux. Je lâche le manche à balai et retourne en boitillant vers les gradins. C'est vraiment nul. Je suis le capitaine de l'équipe, mais je dois me contenter de regarder.

Et voici le dernier lancer de la partie.

Pendant quelques secondes, le gymnase est silencieux. Puis…

— COUP DE CIRCUIT! s'écrie Chad.

Je ne dis rien. Je suis sous le choc. C'est seulement lorsque l'entraîneur s'avance avec le Spofée que je crois à notre victoire.

— Félicitations, les Chatons Mignons! dit-il.

Puis il remet le trophée à…

Mais pourquoi? Elle a joué UNE manche et soudain, elle est une joueuse étoile?

Oups. Attends, elle vient vers moi. Elle a peut-être compris que c'est le CAPITAINE qui doit recevoir le Spofée. Voyons ce qu'elle a à dire...

Aïe. C'est méchant. Elle s'éloigne en brandissant le Spofée comme si elle était la statue de la Liberté.

— Quelle partie incroyable! lui dit Chad.

CHAPITRE 12

Journal **SPORTIF** du pauvre Nate

Les CHATONS MIGNONS gagnent le SPOFÉE!

Menés par leur capitaine *NATE WRIGHT,*
les Chatons Mignons (vrai nom : Chiens
Enragés) ont battu les Rapaces de Randy
Bétancourt 12-11 lors du match de
balle-molleton d'hier. Un coup chanceux à la
neuvième manche a permis aux Chatons Mignons
de reprendre l'avantage après un recul de 2

— Un coup CHANCEUX?

Je me retourne. Gina est en train de lire par-dessus mon épaule. Un génie littéraire ne peut donc pas écrire en paix?

— Tu es seulement fâché parce que je nous ai évité une défaite.

— Ah ouais? dis-je.

— Ce n'était pas la même chose! proteste-t-elle. J'ai fait le VRAI travail!

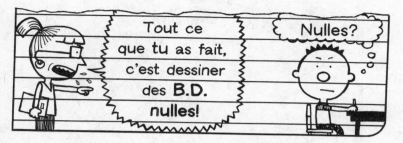

— Mes B.D. ne sont pas nulles, Gina! Tu le saurais si tu avais passé un peu de temps à les ÉTUDIER!

— Qu-quoi? Les étudier? bafouille-t-elle. Pour qui te prends-tu? Ce n'est pas toi qui vas m'apprendre à ÉTUDIER!

— Il est interdit de crier dans la bibliothèque, Gina, dit Mme Hickson en sortant un petit carnet rose.

Gina en a le souffle coupé.

— Au… au local de retenue?

— C'est en face de la salle des profs, dis-je pour l'aider.

Elle me pointe du doigt d'un air scandalisé.

— C'est TOI qui devrais être en retenue!

— Arrête de te comparer à Ben Franklin! siffle-t-elle.

Oh, je ne dirais pas ça. Ben et moi avons beaucoup de choses en commun. Je suis certain que s'il était vivant aujourd'hui, nous nous entendrions très bien.

215

Je parie que le courant passerait entre nous.

216

NATE dans...

COMMENT ME DESSINER!

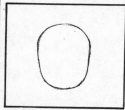

COMMENCE PAR UN OVALE. TU VOIS QU'IL EST PLUS LARGE EN HAUT?

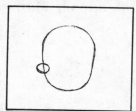

AJOUTE UN PETIT OVALE. C'EST MON NEZ!

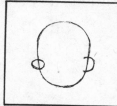

FAIS UN C À L'ENVERS. C'EST MON OREILLE!

J'AI SEPT TOUFFES DE CHEVEUX. SUIS LES FLÈCHES.

MES YEUX SONT FACILES. DEUX LIGNES DROITES!

DESSINE MA BOUCHE POUR QUE JE PARLE.

COLORIE MES CHEVEUX, AJOUTE UN COU ET DES ÉPAULES. TU AS FINI!

BRAVO!

À propos de l'auteur

Lincoln Peirce

Lincoln Peirce est bédéiste et auteur. Sa série *Big Nate* est parue dans plus de 200 journaux américains. Il vit avec sa femme et ses deux enfants à Portland, dans le Maine.

BONNE NOUVELLE! LE 3ᴱ TOME S'EN VIENT BIENTÔT!